KB140336

그리움의 깊이

그리움의 깊이

초판인쇄 | 2019년 11월 1일 **초판발행** | 2019년 11월 10일
지은이 | 김덕남 **주간** | 배재경 **펴낸이** | 배재도 **펴낸곳** | 도서출판 작가마을
등 록 | 2002년 8월 29일(제 2002-000012호)
주 소 | 부산광역시 중구 대청로 141번길 15-1 대륙빌딩 301호
T. 051)248-4145, 2598 F. 051)248-0723 E. seepoet@hanmail.net

ISBN 979-11-5606-131-1 03810 ₩10000

※ 이 도서의 국립중앙도서관 출판예정도서목록(CIP)은 서지정보유통지원시스템 홈페이지 (http://seoji.nl.go.kr)와 국가자료공동목록시스템(http://www.nl.go.kr/kolisnet)에서 이용하실 수 있습니다.(CIP제어번호: CIP2019042139)

부산문화재단
BUSAN CULTURAL FOUNDATION

본 도서는 2019년도 부산문화재단 지역문화예술특성화지원사업으로 지원을 받았습니다.

작가마을 시인선 36

그리움의 깊이

김덕남 시집

도서출판 작가마을

■■■ 자서

삶이 깊어질수록 자연이 좋다
숲속을 걸으며
푸르른 기상 생기 환희
비를 털어 내는 흔들림을……

침묵으로 맞이하는 잎새들
가슴 가득 희열한다

무언가 스쳐가는
입안에 단물이 고인다

삼라만상 오묘함에
고마워하고 화답하며
그냥 즐기며 나를 만난다

2019년 가을에

김덕남

김덕남 시집

작가마을 시인선 36

차례

그리움의 깊이

제2부

제3부

그리움의 깊이

제4부

제5부

제1부

고도를 기다리며

햇살 쏟아지는 열두 시
소낙비 내리는 열두 시
시간의 색깔은 다르다

광안리 바다가 깊어진다

수평선을 그릴 때
출발선은 아직 멀리 있고

오늘은 수평선상에 떴다
눈에 띄지 않는,
나는 모자를 벗었다 썼다 한다

뜨다가 가라앉고
가라앉다가 또 뜨는
하얀 요트가 가물가물하다

붉은 태양은
거침없이 떠 오른다

* 고도를 기다리며: 사무엘 베케트의 희곡

봄, 설악

설악산 골짜기마다 폭포 하나씩 품고 있다는 걸
이젠 아득한 꿈속이다
가 볼 수 있는 설악은 아니다
눈 속의 저 신갈나무 볼그레한 저 숲의 부끄러움
앳된 수줍음을 보고 싶다

중정대피소에서 한밤을 지내고 싶다
눈 속을 헤메이다 젖은 등산화를 벗어 던지고
마음 놓고 코를 골며 꿈나라에 들고 싶다
남아공 유스호스텔에서
1층에는 흑인여성 3층에는 백인대학생 나는 2층
우린 “굳나잇” 인사를 하고 잤다

봉정암을 꿈꾸다
미역국 한 사발에 한 주걱의 밥
대청봉 산상에서 철야기도
그 때 무슨 기도에 매달렸는지 아무런 생각이 없다
그 아름답고 수려한 계곡 제일 높은 꼭대기 까지
다시 한 번 가보고 싶다

자연과 하나 되는 묵언의 계절
산양이 물먹고 가는 눈 덮힌 계곡
돌담들도 묵언하는 산사
기암절벽 사이에 선 나
설국에 서기만 해도 하얗게 될 것 같은
겨울 설악에 가보고 싶다
봄이 오는 기척을 듣고 싶다
봄, 그 눈부심을 읽어야겠다

행렬

연초록 잎새들이 여름을 껴 입는다
숲길에도 소리 없는 질주가 보인다
잔물결이 일고 황금잉어가 노니는 호수
작은 버들치 사이로 검은 잉어 한 마리 사납다
서로 행간 읽기에 바쁘다
오솔길에 수많은 사람들이 오고가고 있다
쇠똥구리도 보이고
산개미들의 행렬이 길다
엉겅퀴 줄기에 진드기들도 줄을 타고 있다
행렬들을 피해 산길을 걷는다
나도 행복한 시지프스가 되기로 한다
수많은 순간들의 연속이 삶이라면
슬픈 순간이 연속되면 슬픈 삶이 되고
행복한 순간이 연속되면 행복하지 않을까
산을 오르는 그들은 행복한 시지프스다
산다는 것
우주공간에 얽히고 설킨
보이지 않은 미로
행렬과 행간사이를

오랜 시간성을

살아남기 위해 끝없는 행렬은 계속된다

빈 그릇

빈 그릇은 빈 그릇이 아니다

흔적 없는 어떤 존재의 충만함

만져지지 않는 채움의 무게

긴 세월 말없이 녹아내린 덕지덕지

빈 그릇은 빈 그릇일 뿐,

나눠주고 비워내고 빈 마음으로

가벼워진 여유로움을 즐긴다

빈 그릇은 빈 그릇이길 거부한다

질박한 세월도 분주한 쓰임도

이젠 정중동靜中動의 고요한 자태

파란하늘도 담고 향기로운 향기도 담고,

청아하고 소박한 백자그릇이고 싶다

연적硯滴

청자 빛 은은한 귀품
푸르듯 해맑은 수줍음을
어루만지며 눈을 맞춘다

오목한 동산에 종달새 한 마리
잔솔밭 사이로
넘나들며 옥수를 품는다

한 방울 한 방울
사랑을 머금고
스며들며 젖어드는 순정

가슴 깊이 품었던 옥구슬
서서히 먹빛에 젖어 들고
농염한 환희를 꿈꾸는

매화 한 송이
소담하게 피어나기를
숨죽여 기다리는 시간이 익어간다

시민공원

황사 너머로 비행기 한 대
불꽃꼬리를 끌고 날아간다
마른하늘을 가른다
놀란 굴거리 나무가 축 늘어졌다
메타세콰이아는 귀를 쫑긋 세운다
의자에 앉은 나는 황사 속에 묻힌
추상화를 그린다
콘크리트 회색 벽 봉창마다
깃발이 펄럭이고
원시인들이 도자기를 빚는다
한 줌 밥을 구걸하고 웃고 있다
마로니에 거리를 지나
은행나무 길에 침묵이 흐르고
느티나무가지에는 고함치는 고요가 있다
구름이 지나 간 뒤 비가 내리고
비온 뒤 나무는 머리를 턴다
찬 커피를 마신다
세상 속으로 떠날 채비를 하고
엉클어진 생을 즐기기로 한다

오카리나를 불며

바위 위에 구름이 머무르고
운해가 출렁거린다

푸르른 솔밭사이로
구름이 유영을 하고 논다

캄캄한 동굴 안에는
박쥐가 살고
빨간 눈을 말똥거린다

코끼리바위 바람비가 빚은
조각품 그 아래에 앉아
오카리나를 희롱하는,

페루국경을 넘어
티티카카호수 수초 섬에서 아울렀던
그 애절했던 음률들.....

끝없이 날아오르던 그 밤의 기억
인디오들의 절규를 생각한다

운학산에는
가을 잔치가 한창이다

빗속을 걸으며

빗속을 걸으면
세상이 다 아름다워 보인다
하늘거리는 노란 금계국 무리들
빗방울에 젖은 애띤 모습들

'조용히 비가 내리네'
애절한 멜로디는 끝없이 흐르고
순수하고 맑은 시어들 휘날리며

홀로 차 한 잔을 마주 하고
따끈한 찻잔을 어루만지면서
누군가에게 우정을 전하고 싶은 날

넓은 창가에 빗줄기는 줄줄 내리고
화끈거리던 빌딩숲들은 고요해지고
아웅다웅 거리던 이웃들도 누그러진다

비를 흐뭇하게 맞고 싶은 날
내 속에 흐르는 슬픔

너와 하나 되어 내리고 싶은

그들과 만나는 시간이 손에 잡힌
나도 한 방울의 빗물이 된다

그리움

그대에게 더 가까이 다가가는 길

시간과 공간을 초월하는 것

만남을 꿈꾸는 시간

기다린다는 것

그리워한다는 것

갈망의 넓이가 커진다는 것

아름다운 영혼의 부름이다

삶의 공간에서 흔적을 찾는

홀로 희열이고 환희고 벅찬

사랑의 먼 길을 떠나는 한순간

그리움은 점점 깊어만 간다

맑고 순수한 영혼의 결을 찾아,

슬픔이 말한다

좋은 시를 읽으면 슬퍼진다 한창 물오르는 개울가 마른 가지를 보면서 졸졸거리는 피라미 떼를 보고도 화창한 봄 볕에 앉아서 수선화를 읽으면서 엉클어진 개나리 줄기에 손톱 같은 망울이 돋아난다는 기쁨이 슬프다 솔바람이 쏴아 훑고 지나가고 텅 빈 하늘가를 보고 그리운 것들을 찾는다 잊혀져가는 것들 아롱거리는 얼굴들 이 봄에 돋아나지 않는 것들 내 곁에 없는 것들이 높이 떠 있다 언젠가부터 하늘가에 눈길이 자주 머문다 슬픔이 나에게 말한다 푸른 하늘에 떠 있는 뭉게구름과 새들이 힘차게 비상하는 하늘만 보았는가 이제 가까운 것은 멀어지고 흐린 시야 저편에서 선명하게 보이는 것들 또렷하게 잡힐 듯 가까이 오는 그리움의 아우라 .....

세상만물을 눈으로만 보는 줄 알았는데 멀리 있어 더 또렷하고 잡히지 않아 더 선명해 보이는 것들 슬픔이 기쁨을 데리고 온다 보고 싶은 얼굴들 반가움을 들꽃처럼 내 가슴에 채우고 싶다 슬픔이 세월 따라 친구하여 놀아준다 한줄기 바람이 지나 간다 슬픔이 나를 깨운다. 털고 일어나 걸어보라고 천천히 그리고 느리게 바쁠 것 없다고 조금 슬플 뿐이라고,

생각이란 묘약

더 깊이 파고드는 미궁이 있다
맑았다 흐렸다 깊숙한 고독이
너에게 말을 걸어본다
물어 보기로 한다
고독하게 깊게 너를 붙들고
무엇을 말하고 싶다
흘러 가 보자
웅성거림을 감싸 안는다
징검다리에 부딪치면 돌아서 느리게
물결이 출렁일 때마다
그리움에 가슴이 저려온다
할 말보다 안 할 말이 더 많다는 것
하고 싶은 말이 더 많아서
혼자가 되는 것이라고 생각에 기대어 본다
꿈꾸는 밤은 깊어간다
날아오르는 하늘과 추락하는 절망도 한 통속이다
자나 깨나 탈출구를 찾아 헤매는 너
너와의 끝없는 갈등
지혜로 이끌어 줄 너에게 나를 부탁한다
홀로 길 떠나는 한치 앞을 모르는 날이 있다

교단을 떠나며

긴 세월 너와 함께 보내고
처연한 눈빛으로 너를 떠나왔다
나를 지켜준 우정
배우며 가르치며 밥이 되고
정직한 벗이 되었다
나르는 요술램프가 되고
바이킹처럼 흔들리기도 한
웃고 울고 콧물 범벅 햇살 가득하다
너와 반세기를 하루 같이
앎도 권태가 되고 가르침도 퇴색되고
긴 골마루를 천천히 걸어 나온다
봄비 내리는 날 가슴 젖어오는 밤
막막한 내 눈 앞에 수없이 춤추는
뜨거운 가슴 붙들고 불을 지핀다
너의 품안에서 우주비행을 꿈꾸는
눈부신 바깥세상을 손잡아 주는
백년 초석과 빛나는 미래를
삶의 한 가운데서 응원을 보낸다

다음 열차에 더 큰 희망을 걸고,

백매화 앞에서

그를 넋 놓고 바라보고 있다
수 만 송이의 흰 꽃 미소를
그가 속삭이는 하얀 이야기를 듣고 있다
하얗게 피어나는 그 맘을
환희로운 잔잔한 떨림까지
눈을 감고 가슴으로 듣고 있다
눈부신 색깔들의 유혹도
벌 나비들의 손짓은 몰라도 된다
뼈를 깎는 원초적 순결
빛깔이 없는 빛깔로 세상 속에 태어났다
산에도 들에도 어지러운 꽃대궐
눈부실 때마다 더 순결해야한다고
태어난다는 것은 모두 무색이려니
물들고 흔들리고 젖어들어
하얀 꿈을 품은 그래 온갖 세상이다
한번쯤 정녕
징그럽게 피어보고 싶은 맑은 날,

여름밤의 변주곡

서늘한 여름밤에
은하수 없는 밤하늘을 본다
저 별들도 아파하고 흔들리고 외로워
긴 긴 밤을 뒤척이겠지
별빛은 아득한 교향곡이다
부푼 나뭇가지 사이로
달빛 스며드는 한밤의 고요가 깃든다
아득한 침묵을 노래한다
먼 빛 산그늘이 아름다운
도회의 한 밤이 고즈넉하다
우울과 고뇌를 위한 어떤 비움,
절망에서 희망의 싹을 틔우고
아픔과 고통은 한마당 놀이판인 걸,
그것 또한 아득하리라
한갓 아늑하고 평화로운 세상 속으로
장중한 오케스트라가 흐른다
빈 그물로 별빛을 건져 올린다
죽음 같은 불빛이 찬란하다
멀리 간 생각
깊은 곳에서 아다지오 연주를 듣는다

커튼 2

겹겹이 포장된 구름 속으로
베일을 열고 한발 들어선다
어둠에서 태어난 생명들
아담과 이브가 잎으로 가리듯
비밀의 벽을 가리고 문을 닫는다
서로 영원히 홀로인 것을,
간간히 황홀하게 부드럽게
보일 듯 말 듯 스쳐가는 빈 가슴
잔인한 그리움이었다
은밀한 꿈 한 줄기
닫혀있는 저 불빛사이로
달빛 깨어있는 허공이 깊다
나와 마주 하는 내가 있다
뿌연 능선의 웅성거림도
가로수 우듬지에 퍼덕이는 날갯죽지 소리
한밤중 달콤한 감성에 젖은
속살거리는 침묵 속으로
소리 없이 내려앉은 하늘
밤은 더 깊은 어둠을 친다

무늬를 그리다

제주가 나를 부른다
제 멋대로의 무늬를 그려가며
또 다른 역사를 쓰고 있는
땅과 햇살과 바람이 힘을 겨루고
수많은 생들이 무늬를 그리고 있다
땅 아래 흐르는 용천 동굴에도
그 만의 무늬를,
끊임없이 시간을 만들어 간다
숲속나무들도 밤마다 눈물 글썽거리며
아침이면 촉촉이 이슬로 내린다
바다는 간밤에 어떤 무늬를 지웠을까
새벽엔 검붉은 가슴을 애써 풀기 바쁘다
아무에게도 보이고 싶지 않은
심연의 무늬를,
내 뜰에 자라고 있는 작은 풀꽃들도
너 답게 나답게
그들만의 무늬 만들기에 바쁘다
아프지 않고 자라는 것이 있으랴
아픔도 아픔이 되고 슬픔도 슬픔이 되어
저들만의 무늬를 그린다

이젠 한갓지다

새벽녘 나를 만나는 시각
하현달에 한 발짝 따라 나선다

산을 오르고 물 한 모금 마시고
숨 한 번 크게 쉬니 바쁠 것이 없어라

몸과 마음 하나 되어 25시를
살아 온 지난 시간들

눈 한번 외면하던 사이
멀리 떠내려 온 종점부근

하늘을 우러러 보며 천천히
앉으면 그 곳이 쉴 곳이다

밝아오는 내일을 바라보며
아직 할 일은 남아있다고,

그리움의 깊이

작가마을시인선36 · 김덕남

제2부

영혼의 결을 찾아서

서산마루에 황혼이 붉게 타오를 때

잔물결이 나를 부를 때

숱한 그리움이 팔랑거린다

맹렬했던 삶도 뜨거웠던 열정도

긴 세월 간직한 순결도

모래톱 위 잔 물결이었다

순정한 영혼의 결을 만나고 싶은 건

긴 여로에 스며드는 향기인가

별밤을 헤매인다

순수한 영혼의 결을 찾아서,

돌담길 따라서

빗속을 두리번거리며
침묵으로 걷고 있다
작은 산사의 낮은 돌담을
기억하고 찾아 드는
초대 받지 않은 이방인이다

고향집 삽짝 옆으로 돌아가던 돌담 길
그 아슴한 추억을 찾아 나선다
비에 젖은 돌담 앞에서 수선화를 만났다
꽃은 지고 잎 새 들만 너울거리는
옛 친구를 만난 듯 반가워 손을 내민다

동그랗고 납작한 크고 작은 몽돌들
황토사이 한 몸 되어 웃는 얼굴로 반긴다
비에 젖어 얼룩진 얼굴들 어루만지며
가슴 밑바닥까지 짠한 전율이 흐른다
보고 싶고 그리운 많은 지난 인연들

눈앞에 어른거리는 돌담길 그리고 생가
내 마음에서 멀어져 간 아득한 전설이 된
순박한 사랑으로 만나고 싶은,

돌아 온 돌담길에서
사랑의 고요를 만난다

그리움의 깊이

내 마음속엔 때때로 잔잔한 풍요로움이 울렁거린다 파도처럼 일렁일 때도 순간순간 번득이는 물결이 빛난다 그리움이 잔잔하게 다가올 때 먼 빛이 가까이 오듯 환히 밝아오는 순간 그리움은 길이를 좁혀온다 어둠이 가득 엄습할 때도 마음 둘 곳 없어 우왕좌왕 할 때도 먼 빛 아스라이 가까이 다가오는 그리움의 정체 잡을 수 없이 멀리 떠나가는 그리움의 정체는 매정하다 언젠가는 통제되지 않는 힘에 못 이겨 홀로 떠 있는 달과 속삭이는 밤이 아득하다 어떤 소용돌이 어떤 환영 잡을 수 없는 무형의 수많은 곡예들 긴 생애 동안 쌓아 온 그리움의 깊이 멀어졌다 가까워졌다 하는 그리움의 길이 가볍게 더 멀리 떨칠 수 없는 긴 여로가 남긴 발자취에 밤은 깊어간다 눈에 보이지 않은 그리움의 길이 그리움의 넓이 그리고 그리움의 깊이에 휘둘린다 수많은 인연들 잡히지 않은 그리움의 흔적들 영원히 풀 수 없는 명제 앞에 오늘도 시간은 깊어 간다

깊이에 대한

수렁으로 빠져드는 깊이를 생각합니다

잠깐 허공이 지나가고 빈 구름들이 지나가듯 조용합니다

파아란 호수에는 잔물결이 일렁이고 바람도 피해 갑니다

맑은 하늘 가 비행기는 보이지 않고 소리만 날고 있네요

어제는 쾌청하고

당신의 그림자가 환합니다

아마도 당신의 낯이 깊어졌을 것입니다

깊은 우물을 길어 올리기엔 지쳐있던 날

깊이에 대해 더 이상 재어보고 흔들어보지 않을래요

심연의 깊이를 밤을 새우며 재고 있을 뿐입니다

길은 살아있다

끝없이 찾아가는 아득한 길의 시원을 생각한다 황량한 모래바람이 만든 저 너머 아스라이 보이는 먼 길이었다 자운영 무리지어 일렁이던 동산에서 뒤놀던 그 길, 하늘까지 날아오르던 푸르른 절기와 용기는 세상으로 나아가는 길목이다 별은 빛나고 먼 길 향한 끝없이 운행하는 엄숙한 노정이다 무에서 유를 창출하며 생명을 이어갈 우주의 순리에 순응하여 다듬고 매만져 한 가닥 잡는 길, 가을이 익어가는 계절 욕심도 허세도 교만도 이젠 다 내려놓고 오늘 하루 하늘을 우러러 감사 할 뿐이다 보고 또 보고 사랑하고 위로 해 주고 세상 끝 날 것처럼 이 길이 끝나는 날 어느 찰나에 어떤 길이 기다리고 있을까 오랜 세월 영과 육의 갈등 속에서 흔들린 황망한 슬픔과 환희들, 나의 길이 어렴풋이 보인다 더 천천히 느리게 그리고 아름답고 정중하다 영원히 이어져 갈 그 길은 살아있다 그리고 영원히 살아 있어야 한다

빈 집

산 속 오두막
이끼가 파랗다
바람벽 사이로 황토 흙이
내려 앉는다

오동나무는 혼자 자란다
그리움이 덕지덕지 눌러 앉았다

비우고 비우는 연습을
빈집은 진작 알고 있다

뒷방에는 오랜 이끼처럼
늙은 풍상만 살고 있다

세월의 인고를 막아주던
낡은 병풍을 걷어 간지도 오래다

바람결에 깃털 날리듯
빈 집에는
바람만 넉넉하다

마음의 동굴

동굴 속에 셋이서 같이 살기로 하자 때로는 혼자가 되고 언젠가는 같이 손잡고 나들이를 가기로 하자 낯선 나와 동행하기로 하자 세상을 살다보면 웃으면서 악수를 하나 힘이 들어갈 때도 얼굴은 웃기로 하자 내가 아닌 내가 웃고 있을 때 엄청 슬픈 내가 있다고 하자 옷깃을 세우고 쓸쓸한 외길을 걸어 보라 하자 세상을 보는 나는 외롭고 낯설기만 하다고 하자 햇살아래 비추이는 나의 실체와 양면성을 인정하기엔 살아가는 세월만큼 긴 시간이 걸렸다고 하자 어떤 모습으로 어떤 인격체로 각인되어있는지 알 수 없는 일, 수없이 많은 세월 동안에 하나의 틀에 갇힌 그 사람 이미지 그 사람이 나라고 하자. 어떤 외로움 어떤 쓸쓸함 고독한 세상과 단절하자 절대 혼자인 내 동굴 속에 깊이 자리 하는 시간들, 세상속의 나 아닌 남이 아는 나의 모습은 내가 아니라 하자 또 다른 나의 실체를 만난다고 하자 깊이 더 깊이 은둔하는 동굴 고도에 웅크린 진면목을 찾아 참으로 정직해지고 간절해 하자 순수해지고 흑백이 분명한 그 순간, 진정 사람다운 사람이 될 수 있다 하자 산다는 것, 삶이란 무엇일까 세상과 어울린다고 하자 적당히 나를 감추기로 하자 나만의 동굴에서 도

를 닦듯 한 세상 사는 것이라 하자 보이는 대로 같이
어울리는 아름다운 세상이라 하자

허공

허공은 허공이 아니다

뜬 구름이 흘러간다

나를 구겨 넣는다 블랙홀에

산다는 것은 허방놀이 같은 것

틈틈이 살아나는 흔적들

달무리 붉은 노을 녘

지난 세월을 잠재우는 시간

빛도 모양도 없는 텅 빈 공간

사라진 것은 잊혀 진 것이 아니다

가벼워지는 것들 그리움도 미움도

허물어지는 벽이 또렷이 보인다

사랑하기에 경계를 허물어야 한다

허상들이 난무하는 세상

하나가 된

맛도 빛깔도 모양도 없는
나 아닌 나
어디에선가 눈을 뜨는
혼자가 된

밤잠 설치는 날
바람이 일렁일 때도
나를 지켜주었을
열려있는 나와 닫혀있는 나를
나는 만나지 못한다

햇살은 고루 퍼진다는 것
나무는 꼭대기부터 물이 오른다는 것
바람은 작은 풀잎부터 깨운다는 것

나를 힘껏 패대기 친다

눈부신 한 낮의 언덕
경계를 알 수 없는 물빛처럼

풍요로운 외로움

하나가 된

고요

가을 물빛

잔잔한 물결은 여름을 그리워한다
번쩍이던 열기는 간 곳 없고
서산바람에 은빛만 출렁인다

오뉴월 숨찬 애증도 수장하고
가을 하늘 멀리 뜬 구름 하나
한줄기 잔잔한 몸부림이어라

산 빛 고운 언덕배기 잎새 물들고
물빛 고운 가을호수엔 잔물결 일어
한 해를 보내는 소슬바람이 구슬프다

쓸쓸한 가을단풍 누구에겐 참을 수 없는
다시 바라보기엔 정녕 힘겨운 업이었나
차라리 물빛 고운 여름하늘로 떠나리

가을 물빛에 비단 잉어만 유유히 노닌다

구름도 제 고향이 따로 있다

예쁜 따개비 구름들
소리치던 아이들,
아지랑이 속에 일렁이던 따개비구름

산 정상에서 산봉제 드리는
산신은 온데 간데 없고
둥실둥실 떠있는 뭉게구름에 절하고
박수 치고 환호 하는 .....

구름그림자 위를 걷고 있다
하늘의 다채로운 구름 한번 쳐다보고
발아래 구름 한번 찾아 밟아 보고
세렝게티 푸른 초원에서만
살아가는 구름그림자들
구름타고 날아오르던 황홀함,

구름도 제 고향이 따로 있다
살아있는 듯 날기도 하고 뭉치고 흐트러지고.....
제 좋아하는 곳에서 살아가는 구름
꿈꾸는 세상이 따로 있다

눈물

파도가 일렁일 때면 바다로 간다
쉼 없이 파도 치는 바다의 눈물을 만난다
썰물을 만나면 썰물의 눈물이 되고
밀물을 만나면 밀물 같은 눈물이 된다
가슴 아린 그 무엇이 흐를 때
눈물 아닌 눈물이 나를 끌고 간다
내 속을 씻어주는 카타르시스,
삭막해지는 가슴으로
못 다한 열정으로
열기 없는 용광로처럼
눈물 없이 그냥 울고 있다
눈물 없이 산다는 것
남은 세월 앞에 허망한 일이다
눈물의 여운을 찾아 사진첩을 열어 본다
긴 세월들이 압축되어 나를 반긴다
내 속을 정화해야 할
다 하지 못한 삶들이 반긴다
아직도 정열을 쏟고 싶은 눈물
그를 한번 씩 그리워 한다

빈 바람을 찾아

허공 속으로
새 한 마리 날아간다

아득히 떠 있는 뒤웅박
고달픈 숨비 소리만 기억한다

산에도
바다에도
바람이 다시 분다

다대포가 부른다

강산이 몇 번 지나갔을까
긴 모래톱 아스라한 해변
산책로는 흔적 없이 사라지고
난 떠내려 온 낙엽처럼 젖어 들고 있다
여기는 은모래 반짝이는 긴 백사장
누군가의 손을 다정히 잡고 걸었었지
꿈인 듯 아득한 먼 저 쪽
물보라처럼 피어오르는 환영들.....

붉은 노을 녘 황혼은 내려오는데
은빛물결 위 윤슬만 빤짝거린다
바라보는 눈길 흐려오고
한 순간
기러기는 낙조를 물고 멀리 사라진다

울창한 소나무의 속삭임은 낯설지 않다
어둠은 부드러운 손길로 안아주고
환호성은 터지며 음악은 흐르고

오색 물줄기 휘날리며 현란한 광란의 춤사위
구름 위를 걷고 있다
세월 위를 걷고 있다

바람 부는 어느 날, 그리고 아직도

푸른 별과 달
흐르는 별똥별을 볼 수 없다면
빨갛게 물든 작은 잎들이
흩날리는 광야를 볼 수 없다면
뜰아래 마른 잎
덮고 있는 풀싹들을 볼 수 없다면
내 손이 닿는 곳에
내 몸과 영혼을 안아 줄 핏줄이 없다면
아! 다시 보니
만져 볼 것도 눈으로 볼 것도
놓일 수 없는 수많은 것들.....
다 놓아야 한다면
다 내 것이 아닐 때,

아직도
햇살 쏟아지는 아침이면 마음 설레인다
까치 한 마리 눈앞에 날아간다
천천히 느린 걸음으로 잔잔한 호수처럼
작은 풀꽃들이 다정스럽고

작은 빗방울의 속삭임에

오늘도 두근거리며 살고 싶다

서울 색 seoul colors

두리번거린다
구름 속 같은 번지
빌딩 숲 사이로 내려쬐는 햇살조차도
국적마저 애매하고 어리둥절한
한강 나루터는 옛날에 있다
분수가 넘쳐나는 이방지대를 보고 있다
숨찬 물결이 들어가는 지하도
밀려나오는 거리에 선 나는 없다
모두가 다 없다
꼬리를 물고 물고 한 입 가득
하나같이 생뚱맞다
천기를 누설할 수 없다는 듯
기묘한 한 모퉁이
서울의 색色은 서울의 밤은 은밀한가
지난 세월의 노스탤지어를 생각한다
한강의 기적을 만들어가던
이 가을엔 놀랄만한
낯선 풍경을 만들고 싶다

떠돌이 바람

떠도는 것은 바람만이 아니다
새털구름
상현달
허공을 가르는 것들의 비상
밤새 울어대는 귀뚜리도
떠돌아서 자유로운 것들,
풀꽃사이로
나뭇가지를 휘감고
바람이기를 즐기는
바람의 유혹,
돌고 도는 원점인 것을
억매이지 않는 자유로움,
물 위 그림자처럼
흔들리는 열정으로
새로운 세상을 찾는다
한 갓
제자리에 머물고 마는
흔들림,
고요한 적막을 꿈꾸는 바람이었다

그리움의 깊이

작가마을시인선36 · 김덕남

제3부

달이 떴다

숲길에 구르는 빗소리
가녀린 길이 열린다

슬픈 까투리 울음에
긴 메아리가 흔들린다

어눌한 달빛에
그대 소식 기다린다
창가에 오동잎이 스친다

가야금 뜯는
손이 아프다

언발란스 unbalance

겨울비가 추적이는 날이다

젖은 행렬 속에

절규하는 삶이 환희를 본다

미묘한 선율 위 달콤한 그와

달리고 싶은 가속을 꿈꾸는 그가 있다

미세한 톱니바퀴가 어긋나고

여기와 저기가 공존하는 사이

먼 길 떠날 차비를 하는

놓아 줄 수 없는 시간은 젖고 있다

어긋나야 살아남는 언발란스

언발란스 모자를 쓴다

너무 멀리 온 새벽

머리에서 가슴까지 먼 길

길 아닌 길 위에서 길을 가고 있다

해운대 바다

출렁거리는 전율이 한 순간
따가운 햇살아래 달구어 진다
쓸려가다 되돌아 나오는 숨 막히는
웅성거림이 아늑하다
언제 무엇으로 어느 별에서 흘러와
우리는 한 몸이 되었는지
밀려오고 부서지는 하얀 포말에
한숨처럼 저린 한 숨결이 된다
낭떠러지에서 굴러오는 소리
깨어지고 깎이고 작아지는 아우성
위태롭게 순간을 헤쳐 나가는 그림자처럼
캄캄한 밤바다에 별을 뿌린다
어쩌면
모래알 같은 수많은 발자국들
모래알만큼 작아지라고
달이 뜨고 별이 지는 순리
모래알만큼 반짝이라고
출렁이는 몸을 서로 부추기고 있다

봄, 소리로 듣다

아이들이 떠난 운동장엔
햇살소리만 가득하다

아왜나무 잎새엔 두터운 침묵이 흔들리고
오그라든 동백꽃 철 늦은 흐느낌이 들린다

화단가 산수유 가지에는
봄 옹알이가 들리고
부푸는 흙 사이로 풀싹들이 풀썩거린다

플라타너스 가지마다 봄눈이 가득
총총히 터져 나온다 수만 개
봄 물오르는 소리에 귀를 기울인다

봄이 오는 소리에 봄 냄새를 맡으며
지나간 봄의 숨소리도 들린다
다시 아이들이 돌아온다

하늘만큼 높은 꿈이 운동장에 가득 찬다

시를 만나다

시를 영접한다
영혼이 눈을 뜨는 시각
시를 만나는 것은 구름 타는 일이다

달빛도 별빛도
내 창가에 찾아드는 밤
혼자서 울어라 그리고 웃어라

어둠의 유혹에
나를 찾아 나선다
유성처럼 떠도는 망각 속으로
끝없는 유영은 시작된다

한 마디 낯 설은
심혼을 붙들고 싶다

죽도록 희열하고 하늘 속으로 날아라
바람물결 한 가닥 잡는 일이다
시는 무제다 시는 자유다

암전暗轉

별 하나 떨어졌다고 벨이 울린다
버티고 침묵하고 막막하던 한 생이
압수당한 채 시간만 축내던 그 자리
흘러가버린 징검다리 돌덩이 하나
얼음조각 깨어지는 소리 들린다
한 발짝 내려설 수밖에 없는
빈자리의 갈등
채우지 못한 삶의 파편
어쩔 수 없는
몸부림은 끝났다
먼 산 위 구름 한 살림
새털구름처럼 양떼구름처럼
쉼 없이 퍼즐을 맞춘다
산산이 흩어지고 마는 바람
모래알 같은 억겁의
생과 멸이
허망하게 사라진다는 것
막막하고 어둡다

피리소리

소슬한 가을 그리움
제 몸 날리는 순정한 그대들
길섶마다 풀숲마다 그리움이 쌓인다

햇살과 바람 별빛과 박새도 품어주고
고단한 길손들 한숨도 품어 주던
고고해서 쓸쓸한 수도승처럼,

어느 날
날아 든 엽서 한 장 떨켜 소식!

익어가는 가을은
손 아프게 하루가 바쁘다
더 곱게 더 찬란하게
아름다운 순절 뚝 떨어진

한 잎의 절규에 귀 기울인다
바람 부는 대로 흩어지는 대로 쌓이는 대로
사박사박 쌓이고 홀로 구르면 그만인,

낙엽 구르는 소리에 그리움이 깊어간다

나목

이른 아침 수영강변을 달린다
빈 가슴으로 병원 찾아 달리고 있다
빌딩 꼭대기로 부터 아침햇살은 밝아 오고
뿌연 찬 서리에 하현달이 파릇하다
햇살 잔잔한 강변 가에는 가녀린 나목들이
새 아침에 엄숙한 기도를 드린다
작은 몸짓으로 아침을 맞고 있는
굴뚝새 한 마리만 부산하다
비워내고 떨어내고 어젯밤 마지막 잎새까지
다 떨구고 홀가분하게 서 있는 저 들
할 말 묻어두고 그냥 살랑거릴 뿐
잎새마다 수많은 사연들 하고픈 말들
기록을 남기고 싶어도
자취를 남기고 싶어도
한갓 부질없다는 것을
엄숙한 섭리가 내 가슴을 때린다
젖은 낙엽들에게 낮아지는 순리를 본다
흙으로 돌아가는 헌신공양
미련 없이 떠나야하는 생존의 법칙을

섬세한 가지마다 살랑 살랑거릴 뿐
가녀린 몸짓으로 잔잔한 떨림으로
아무런 미련도 없다

상현달

초저녁 하늘 높이 하얀 반달로 뜬 것

언제부터 웃고 울고 있는 것

나도 그냥 따라 웃고 우는 것

만월을 그리워하지 않는 것

밝음과 자비를 내리는 것

보일 듯 말듯 여물어 가는 것

언젠가는 비워야하는 섭리를 보여주는 것

다 차면 비워내는 평상심을 보여주는 것

긴 세월 견디어 온 순박한 사랑을 보는 것

만월이 누리는 아만을 생각하지 않는 것

이제야 눈이 트이고 가슴이 열린다

가을엽서

깊이 잠긴 푸른 하늘이여
뜸 들인 바람이 서늘하다
서서히 한철 물들이고 싶은
가슴 깊이 묻어두었던
농익은 사연을 띄워 올린다

무성하게 살았노라고
노랗게 빨갛게 더 찬란하게
한 세상 드러내고 있을 뿐
생사고락을 담아내기엔
우주 속 한 세상 짧기만 하다

긴 세월 다 물들이지 못한
미련 없이 돌아가겠다고
나만의 계절을 찾아
가을 빛 닮은
긴긴 사연을 읽기엔
해맑은 가을 하늘이 높기만 하다

어머니의 손가락

디딜방아 찧는 소리 정겨웠다 쿵더쿵 쿵더쿵 한나절 밟아야 보리쌀이 되었다 햇보리 쌀이 파르스름하다 보릿대 불 지펴 팥죽 땀 흘리며 삶고 또 삶았다 보리밥 한 양푼에 숟가락 여럿 들락거린다 두레상에 모여앉아 숟가락 부딪치며 콩 한 쪽도 나눠먹던 시절, 까마득하다

쌀 한 웅큼 불려 전기밥솥 바닥에 깔았다 대충 물 붓고 손가락으로 눌러준다 밥솥은 밥한다고 제 혼자 시끄럽다 삣,삣,삣,삐 다 되었다고 불러도 아무도 대답이 없다 손가락으로 지은 밥은 혼자 먹어야 제 격이다 밥알을 세어가며 먹는 둥 마는 둥 밥을 먹으면서 고마워 할 데가 없다

꽁꽁 언 시냇가에 물 방망이 소리 차갑다 얼음 깨고 호호 불며 빨래와 씨름을 한다 빨갛게 언 손 호호 불고 또 불고 곱은 손가락 부풀어 오른다 양잿물 잿가루에 비비고 두드리고 손가락이 꽁꽁 굳었다 그렇게 굵어진 어머니 손마디

검은 옷 흰옷 양말 속옷 한 통속에 쑤셔 넣고 가루비누 슬슬 뿌리고 손가락으로 꾹 눌러준다 TV보고 책 보고 콧

노래 부르고 심심하다고 할 일이 없다고 밖으로 나갈 생각만 한다 재미없다고 우울하다고 손가락으로 사는 세상 고마워 할 데가 없다 찬 손 녹여주고

아랫 목 이불 속에 묻어 둔 더운 밥 한 그릇 호롱불 걸어두고 식구들 기다리던 어머니의 굵은 손마디 그 굵은 손마디를 이제야 꼬옥 잡아 주고 싶다 간절히 잡아 보고 싶다

이별

하현달에

백로가 구슬피 운다

나뭇잎 떨어지는

풀섶에

가을 소절이 쌓이고 있다

행간과 행간 사이

떠나보내는

지는 달도

행간을 읽고 있다

백암온천에서

태초에 이렇게 시작되었으리라
천둥벌거숭이로 뛰어 놀았을 에덴동산
숨길 것 없는 그대로
신기하고 아름다운
실오라기 하나 없는 순수

오직 따뜻하고 부드럽고 매끄러운
아름다운 천상을 한바탕 즐길 뿐

푸르른 녹음이 다 다르 듯
다 다른 삶의 무게를 내려놓고
오늘 하루만이라도 무릉도원을 즐긴다

물처럼 부드럽게 흘러보라고
한세월 구름 가듯 달 가듯 살고 지고

폭포를 만나면 허우적거릴망정
파도가 있기에 살만한 세상이라고,

태양은 거침없이 떠 오른다

세상을 다 살고 나서 외로움을 배웠다
밤새 변한 것은 없는지
눈앞은 잘 보이는지
한 세상 끝나갈 때 그리움도 알았다
외로움보다 더 슬픈 것이 그리움이다
그리움은 언제나 나에게로 돌아온다
산다는 것은 외로움도 그리움도
내 인생과 무관하다고
모를 때 사는 것이다
끝자락이 보일 때
필름은 보이기 시작하고
보이는 것은 허상이고
안 보이는 것이 실상이다
산천에 벗하고 강호에 배 띄우는
외롭고 그리움에 목마른 일이다
외로움도 그리움도 채울 수 없을 때
눈앞에 해야 할 일 막막 할 때
누가 내 옆에 있어 줄까
왜 이토록 다 멀리 느껴지는가

오늘 나에게 주어진 삶
태양은 거침없이 떠오르고
이것이 내 모든 것이었구나!

묵언중이다

나는 지금 묵언중이다
운무 속에 묵언 중인 숲들의 엄숙함
겸손하고 순종하며 예를 드리듯,
어젠 바람 속에 휘날리고 꼿꼿하게
고개를 높이 세웠었는데.....
빗속에 오늘은 고요히 묵언중이다

오래전 이과수폭포 앞에서
말이 막혀 묵언 중인 때가 떠 오른다
악마의 목구멍으로 빨려 들어가는
억수 같은 물굽이의
그 엄청난 단합의 힘 앞에
잠시 말을 잃었다

숲을 이루는 한 그루의 존재감
물줄기 속에 한 방울의 위력
우주 안에 있는 모든 작은 것들
하찮은 존재란 있을 수 없다

미세먼지

먼 산이 숨어 버리고 잡힐 듯 뿌연
대지 위 잡히지 않는 물체의 이동
바람도 숨을 죽인다
이동하는 순리마저 마비 된
숨 막힘 속에 잡히는 것은 없다
잡히지 않는 마의 움직임
'태우다'는 모든 속성이
나를 숨죽이고
너를 숨죽인다
과욕이 부른 마지막 사막이 된 세상은 재앙이다
가득 찬 우주 속 빈 공간은 없다
정녕,
우주공간에 잠입해 오는 마의 힘에
허우적거리는 허무한 존재

바람 부는 날, 너를 안았다

외돌개 바람이 불어 닥쳤다
은행나무를 껴안았다
나도 모르게
바람이 훑고 지나갈 때
또 한 번 안았다
까슬한 살갗이 그토록 부드러운 줄 몰랐다
노란 잎이 우수수 떨어질 때
노란 냄새를 맡으며
외등 불빛에 그림자가 흔들릴 때도
한 몸 되어 붙어서 같이 흔들렸다
너른 품 떠날 줄 모르고
머리에도 어깨에도 화르르 떨어지는 포근함
아낌없이 받아주며 쌓여오는 온기를
눈이 오면 눈 맞으며
바람 불어 그리운 날
찬 세상 찬 냄새 맡으며 서로를 기억할 뿐
흔들리고 흔들리며 다시 껴 안는다
너와 나의 생이지지生而知之를
멀리 멀리 날려 보내어야 한다

제4부

봄의 향기

벚꽃 잎 무리지어 날린다
향기는 대지를 적시고
길섶 민들레도
개나리 울타리에도
노란 향기 하늘거린다
그들의 함성에
소나티나 한 줄기 빠르게 흐른다

속절없이 순절하는 하얀 목련을,
밤새 새빨간 정열을 쏟아버린 동백을,
저들의 아우성을 다 들어주기엔
좁은 가슴이 너무 아린다
말 못하는 저들의 향기는
그들만의 슬픔인가

보이는 아름다움도
보이지 않는 슬픔까지도
우주 한 찰나에 피고지고.....
수만 송이의 환희와 절규를 보며
내 가슴에 가시가 돋아나고 있다

정오

도심 한 복판에 햇살이 내려앉는다
따끈한 가슴으로 거리를 누빈다
시간을 챙기고
사람들 챙겨주는
다정한 햇살
햇살이 부산스럽다
한 마리 인어가 된 청춘들
물살을 가르고 온갖 웃음을 날린다
외로운 백조도 때때로 시끌벅적한
정오를 즐기는 풍경들,
한가롭다
탱탱한 젊음은 거리의 우상
세상 저 편을 탐하는 우아한 자태
독도를 지키는 이방인이 된 듯
플라타너스 속삭임에
잔잔한 미소로 평안을 보낸다
독도는 안전하다고,
원초적인 댕기머리에 두리번거리는
킬리만자로의 여인도

정오의 산책을 즐긴다
젊은 그들에겐 진한 커피 한잔이면
정오의 도심은 천국이다
정열 열정 정염 순수 온갖 따끈한 것들
우주 속 한 점을 응시한다

흙, 쉬지 않는다

아침마다 텃밭을 다녀온다
달빛아래서 잘 잤는지
두리번거린다
밤새 노란 싹을 밀어 올렸네

괭이로 흙을 파고 호미로 긁어주니
텃밭이 활짝 웃는다
어물쩍
배추씨 상추씨 늦게 뿌려도
쉬지 않고 밀어 올린다 풀씨까지

한나절도 쉬는 날 없이
흙과 같이 평생을 살아온
어머니 밭 이랑 처럼
어설픈 농사를 지어 보고 싶다

이랑을 짓고 북을 쳐주면
속살을 아낌없이 내어주는

쉬지 않는 너의 본성을,

언제나 포근한 너
어머니이고 고향이고
아낌없이 주는 사랑이었다

횡단보도

빨강이다
모든 질주를 멈춘다
욕망과 질주
생명들의 물결은 멈추고
어떤 명제 앞에서 순종한다
출발선은 항상 긴장한다
희망과 목적지를 향해
욕망의 전차는 달리고 싶다

파랑이다
전투적이고 독선적인 출발이 시작된다
젊음과 활기에 넘친 걸음들
그들 걸음에 뒤따르기 바쁘다
괜찮다 목적지는 횡단보도 너머에 있다

밤낮 쉬지 않고 눈을 굴리는
횡단보도는 순리이다
내 삶의 현장에서
나에게도 횡단보도 하나쯤,

때로는 이탈하고 싶겠다

때로는 아무도 없는 산길이 그립다

광안대교 II

허공 속을 꿈꾸는 나

극점을 향해 무한 질주를 한다

뭍을 향한 꿈은 언제나

뜬 구름처럼 어긋날 뿐,

멈출 수 없는 질주본능만이 살 길이다

폭우가 쏟아지는 운무 속에도

휘몰아치는 광풍 속을 달리는

눈길 한번 줄 수 없는 찰나

혼자서 달리는 세상이 아니던가

멀리 팔 벌린 공간에

불꽃 피어 하나 되는 순간

짧은 조우를 늘 꿈꾼다

광란의 한 때를 보내야 하는

한바탕 굿판을 엿보고 있다

동굴

내 속에 커다란 동굴이 있다
동굴 속엔 내가 살고 있다
안으로 침전하는 결속으로
호수 같은 물결이 일렁거린다

희 노 애 락 견디어 온 긴 세월
뗄 수 없는 영겁의 일체
아끼며 사랑하며 다투며 밤이 깊은

어둠 속에서 어둠을 밝히고
눈부신 태양 아래서 홀로인 나

현란한 햇살 아래서 더 투명한
감추어야 하는 자존감, 현실 그리고 고독

적막한 고요를 그리며 절벽 앞에 선
아스라이 밝아오는 예명

세상과 희롱하는 실세와 허세 사이
심연을 찾아가는 면벽의 시간이 있다

가야산

구름도 쉬어가는
가야산 만물봉을 오른다

녹음 사이로
칠불봉 만물봉 상항봉
구름도 산으로 오른다

가야산 물봉선
함초롬이 물방울 머금고
상사화 여린 꽃잎이 떨고 있다

칠불봉 1433m
하늘과 땅 사이에 혼자 서 있다

가야산 정상에는
우비정牛扉井이 있다

천년의 신화를 품고
지친 세상 사람 부르고 있다

어둠이 피어오를 때

거룩한 포옹은 시작 되고
마른나무 잔가지 사이로 흐른다

느리게 천천히 아득한 몸짓으로
알 수 없는 고요함이 피어난다

열리기 시작하는 하늘과 땅 사이
생명의 언어들이 밤을 영접할 때

아낌없이 충만한 사랑
자연의 경청들
수많은 상념들이 묵상에 젖어든다

어떤 설레임 어떤 흔들림
어둠의 품으로 점점 걸어 들어간다

순수한 영혼의 세계로
보석 같은 어둠의 훈련은 계속 된다

눈 오는 밤에

클래식 오디세이에서
겨울 나그네 방황은 흐르고

캄캄한 밤
은은한 음률 따라
소리 없이 눈은 내리고

바람도 잠재우고
온 세상 영혼마저 잠재우며
사랑의 이불을 덮어주고

밤새껏 목도리를 뜨고 있는
눈 오는 밤에
한 코 한 코 내 마음을 엮고

햇살 퍼지는 눈밭에서
뛰고 달리고 뒹굴고

달려 올 손자를 그리며
눈발 같은 하얀 밤을 지새우고 있다

저 달은

새벽하늘을 바라 본다
푸른 새벽 정기가 서려 있는 동녘
엄숙하고 신비한 빛을 보낸다

하늘을 두리번거린다
서녘 하늘에 지친 새벽달
새벽 기운에 밀려나는 쓸쓸함 같은 것
움츠려들고 투명하지 못한 초라한 그믐

어느 날 새벽녘 문득
스스로 사위어가고 흔적 없이
사라진다는 것을 아는지 모르는지

예리하고 날카로웠던 시절도
성큼성큼 부풀어 오르던 환희도
휘영청 보름달도 기억 저 편에
사라져가는 월광의 일생을,

차면 기운다는 한 생애를

서쪽 하늘로 외로이 넘어가는
저 달은 모르리 우주의 섭리를,

우체통

네거리 귀퉁이에 장승처럼
길을 잃어버린
아무것도 갈망하지 않겠다고
평온과 고결함에 가까워진다

교감 없이 쌓여가는
그리움 그리고 기다림
기척을 기다리는 텅 빈 속
혼자서 웅성거린다

먼 옛날이여
꾹꾹 눌러 쓴 언문편지 한 통
에메랄드 바다 우체국 창가에서 날마다
연정을 읊던 시인은 간 곳 없고
그 품에 가을편지 보낸다
굴참나무잎 하나

다시 돌이킬 수 없는 이 계절
세상 저 편으로 전별한다
아득한 심연이 그립다

스카이라운지

초고속 엘리베이터가 101층을 꿀꺽 삼킨다
눈 깜짝할 새 퉁기어 나온 나
허공 속에서 부유하는 미세한 점이 된다
내 기억 속에만
박혀 있는 조각품들
땅 위에서 바다 위에서 서성거린다
구름이 허리띠를 풀어놓고 바람이
스칠 때마다 휘청거려야 바로 설 수 있다는
구름 속 미아가 된다
스카이라운지엔 분수가 있다
작은 물방울을 어지럽게 토해낸다
하늘보고 위풍당당한 체
교만함 아래로 보이는 작은 것들
하나가 될 수 없어 굽어보는 역설
땅에 뿌리를 박고 하늘까지 오만을 부려도
해도 달도 잡을 수 없는 귀소본능
지구 밖을 떠도는 유성처럼 문명은
새싹도 새 생명도 잉태할 수 없는
거세 된 방랑자
땅과 하늘 사이에서 떨고 있다

물빛이 곱다

간지러워 속살거리는 봄날
물 흐르는 소리 은밀하다
풀싹들 돋아나라고
햇살은 어루만져주고 땅 속으로 물은 흐른다
땅껍질 트면 노란 점 하나 찍고
달빛도 내려와 응수를 한다

모란가지엔 꽃눈이 많이도 달리고
껍질 사이로 물오르는 소리 귀를 기울인다
단물을 마시라고 아침마다 응원을 보낸다
햇가지마다 봄을 품은 물빛이 참 곱다
어디에서 흘러왔을까
바람결에 물방울이 뚝뚝 떨어진다
뫼마다 들마다 좁은 뜰 안까지
오만가지 색깔로 새 세상 열어가는 풋풋한 나날들
너와 나 사이에도 물빛이 흐른다
파릇한 길이 살아있다
생명은 자라고 단물은 쉼 없이 흐른다

흙에서는 새싹을 돋아 올리고
내 속에도 한참 물이 고인다
찬란한 눈부심을 읽어야겠다

지는 노을

어스름이 깔리는 산과 들
기차와 같이 달린다
두고 온 고향 그리워 달리고 있다

하얀 보리밭에 산새가 내려와
발자국 남기고 있다

누가 저들처럼 사푼히
밟을 수 있으랴

깊숙이 묻혀있던 순박한
내 안이 고개를 든다

여열을 불태우는
황금 덩어리 둥실거린다

스산한 나목사이로
갈대 잎 사이로

내 야윈 하얀 가슴으로
너를 따라 넘어 가고 있다

안데스 트레킹

바람을 잠재우고 돌아왔다
뭉게구름처럼 잠재웠다
눈밭 위에 내 뭉게구름 남기고
이제는 까마득한 이야기가 된
바람 뭉게구름 발자국
화인처럼 찍힌 나를
바람이 훑고 지나간다
폭포소리에 귀가 먼
4700m 산 위를 걷고 있다
구름 끝에 나를 세운다
지난날의 이것과 저것
지금의 발자국 하나하나
떠돌고 싶은 바람이 훑고 있다
절벽 끝에 핀 고산 야생화
무거운 배낭 무거운 스틱
그 길에서 길이 된 나를 만난다

오래 전 두고 온 풍경들
4760m 천상의 녹색호수

정상을 향해 도전하는 걸음
지나간 떠돌이 바람을
한 잠 한 잠
깨우는 중이다

침전沈澱

몸을 깎고 또 깎아서

천년이 녹아 내린다
보드라운 살점으로

깃털을 적시는 옹달샘엔
가을이 내려 앉는다

한 잎 두 잎
천년이 가라 앉는다

거듭 태어나
너를 다시 만나리

제5부

봄을 기다리며

뒤뜰 응달에 떨고 있는 매화나무를 살핀다
앙상한 앵두나무와 모란 우듬지를 만져보니
가지마다 작고 작은 움이 돋고 있다
바람 불고 눈발 휘날리는 날
제대로 만져지지 않는
부끄러운 새싹이 수없이 돋아나고 있다
홍매가지에는 새빨간 움들이
앵두가지마다 나올 듯 말 듯 틔우려는 몸부림
메마른 모란가지에는 핏방울 같은 망울
섬세한 소통이 몸부림치고 있음을
불씨 같은 대지의 작은 기쁨들이
우주의 모세혈관을 뽑아 올리고 있다

한기 속에 정신을 가다듬는
새로 눈 뜨는
생이지지生而知之를
매화에게 앵두에게 모란에게
엄숙한 새봄을 부탁한다

징검다리

가끔 시원始原을 생각한다
나는 한 점으로 태어나서
징검다리 돌덩이 하나로
살아가는 작은 우주
생의 영원한 끝으로 가고 있는
나를 읽어보는 시간이 길어졌다

미루나무 아래 전설 같은 징검다리 하나
업어 건네주던 부모님 등을 그리워한다
내가 밟고 넘어 온 내 부모님의 굽은 등
그 징검다리 아래엔
사랑의 물결이 도도히 흐른다
넓은 세상으로 멀리 다 내보낸 본향에는
세월의 강물 위에 햇볕만 한가롭다

부모님께 이어받은 징검다리
포근하고 묵직한 사랑으로
든든한 등을 받쳐주어야 한다
튼튼한 징검다리 돌을 다듬는 중이다

돌덩이 하나만 흔들려도 기우는 우주의 평행을.....
더 튼실하게 더 반듯하길 갈망하며
영원이란 시간 속으로 사랑은 흐른다

나는 이 별에 와서
징검다리 하나 놓고 가는 거다

6월의 장미

따가운 햇살 아래
홀로 핀
한 송이 흑장미

바람도 스쳐 지나가고
태양도 비켜 가는
한 나절

벌 나비
그 향기에 취하고
탐하고 유혹하는
한 생

불타는 정염 속에
가시 품은 순수를
가까이 할 수 없는
뜨거운 자태

한 닢 한 닢

순절하는 순정

6월의 장미는
슬픔이렸다

서산에 해는 기우는데,

두루마리

때로는 헝클어진 두루마리를
어루만지며 둥글게 굴러본다
구기고 접혀진
어지러운 속이 굴려나온다
너무 멀리 온 어지러움이 있다

언제나 단정히 말려 있고 싶었다
더 욕심도 내지 않았다
분주한 세상에 나를 풀어 놓는다

두루마리 천사*
태초의 두루마리 꿈을
잊지 않기로 한다
나를 버려가며 세상의
율법을 지키기로 한다

강나루 미루나무의 꿈도
한 순간을 모르는 소중한 오늘

* 두루마리 천사: 요한계시록 1장 11절, 네가 보는 것을 두루마리에 써서 일곱 교회에 보내라.

풀꽃이 되는 밤

풀꽃 이름을 부른다 출석을 부른다
꿈을 꾸는 보라색 앵초 둘
노란 양지꽃 두 송이
껑충 키 큰 노루귀들
한 송이 족두리 꽃도
파란 붓꽃이랑 소박한 새우란 하나
우산나물 한 무더기
풀꽃 피우던 온 밤을
지쳐오는 눈까풀은 아무것도 아니다
초롱초롱한 풀꽃들 한 생이 지나간다

칠흑 밤바다
누군들 저 바다를 건너오지 않았을까
한숨도 후회도 아쉬움도 부질없는 것
이 대로만 이 밤을 위해 축배를 들자
풀꽃 같은
풀꽃처럼 살다 가자고 손가락을 건다

갱도

불가사의한
생명은
빛의 영역이다
억겁의 인연으로 태어났다

팽개친 우주의 틈새에
절규하는 생명으로

암흑은 빛을 막아버렸다
거기와 여기의 차이
온유와 순종으로 별이 된 진통,

먼 훗날
빛의 세상으로
다시 태어나라

풍경風磬

서산마루에 해는
저물어 저물어 가는데
그대는 어데 쯤 가고 있을까

떨어지는 낙엽들 우수수
휘오리 바람 쓸고 가는데
소리 없이 흩어지는 산기슭

찬 서리 내리고 눈발 굵어오는
엄동설한에
봄을 찾아가는 걸음 걸음

시들어가는 시절이 싫어
무성한 오뉴월에
집 떠난 그대의 평온을,

매미 목 놓아 울어대는
대숲 우거진 내 고향 산천 그리워
그대 어데 쯤 가고 있는가

인디오 소년

적도의 안데스는 극한지대입니다
낮에는 적도 밤에는 영하의 날씨
감자수프 한 그릇이면 나는 행복합니다
땅굴 안에서 토담 안에서 모닥불 피우고
온가족 친척들 개도 함께 잡니다
나는 행복합니다
할아버지 아버지처럼
나도 불편한 것 없습니다
하루에도 영하와 폭염이 함께하는 안데스
대자연이 우릴 버릴까 겁이 납니다
만년설이 사라지고 나무들은 베어지고
적도의 유전이 사라지고 물은 마르고
적도의 심장이 떨어져 나가고 있답니다
종종 밤잠을 설치기도 합니다
아마존 우림지대 안데스 빙하는
60억 지구촌의 젖줄이라고 외칩니다
바위틈에서 잘 살아가는 알파카 라마
안데스가 우리를 품어 줍니다
킬리만자로가 눈산을 벗기 시작하면서

우린 물을 찾아 헤매입니다
무서운 톱날이 밀림 속을 헤집고
지구촌의 등뼈가 드러 납니다
수 억 만년 키워온 생명들의 젖줄이
잔혹한 인간의 슬기 앞에 항거하지만,
아! 이젠 벌거벗은 원시인의 후예로
오래 오래 살고 싶을 뿐입니다

아름다운 율동

미끄러지듯
흐르는
아름다운 율동
한산한 산책로에서
징그러운 율동을 만났다

감꽃만 줍던 아이가 몰래 솥을 열어 보네*
보리 고개 쯤에나 만났을 너
아름다운 꽃뱀의 율동

앳된 너를 만져 보고 싶으니
지나간 긴 세월
너도 허물을 다 벗었겠지

미물과의 만남도
만남은 반가움 이렸다

* 어느 시인의 보리 고개

게발 선인장

마디마디
작은 꽃망울이
소리 없는 함성을 지른다

한 아름 가득
추억을 안고
생명의 언어들에 귀기울인다

마디마디마다
흘러가는 세월을 담아
차곡차곡 쌓아 둔 가슴을
이제야 풀어 놓는다

소담한 추억의 문을 연다
원초적 사막을 그리워하는
우유니 소금평원의
불타는 사랑
생의 환희를 본다

삼포三浦로 가는 길

– 미포, 청사포, 구덕포

하늘이 까마득하다
바람이 지나가는 길에
머물고 마는 망설임
미포 언덕에 붙박이가 된다

열사흘 낮달에 잠긴
억새풀 물결치는 청사포 난간
마음 한 자락 띄운다

여름 휘감는 물결의 춤사위
흔들거리는 깃발
길섶에 구절초 한 다발
구덕포 너덜겅은 자유롭다

마음이 몸을 데리고
여지 껏
완강한 저항에 땀 흘리며
마음이 백기를 들고 만다

수평선 저 쪽 아득한

삼포로 가는 길에

팔부* 능선이 보인다

* 팔부: 八部衆(준말: 팔부) 불법을 지키는 여덟 신장

거제도 돌섬

아득히 돌섬 하나
등 굽은 타박 솔 한 그루 이고 있다
제트기 비행소리에
물결도 숨죽이던 한 낮
놀란 가슴 소나무는 등이 굽었다
긴 세월 까맣게 바위와 한 몸 되었다

거제도 한적한 포구에는
6.25 이야기가 이끼처럼 출렁거린다
전설이 된 거제 포로수용소
이리 할퀴고 저리 할퀴고
앙상한 돌섬이 된 역사를
너는 알고 있으리라 그날 그때를,

맑은 날엔 너와 나는 경치가 되고
거친 풍랑 속에선 한 몸이 된다
해풍에 맞서는 운명처럼
오늘은 쾌청하다

잔잔한 바닷가에도
쓸쓸한 고독이 출렁이고
쏟아져 나오는 지하철 출구엔
수많은 섬들이 출렁인다
섬이 섬을 부르며 섬이 된다
미더운 한 그루 소나무를 그리워하며,

겨울편지

바람 부는 날,

옷깃을 여미며

찬 입김 서리는 외딴 창가에

차곡차곡 쌓여온 낙엽들

외돌개 바람에 흩날리고 있다

먼 여행에서 돌아 온 쓸쓸함

말 못 할 사연

긴 소식들을 바람은 알고 있다

가슴에 고인 말을

쌓아 두기만 하던 긴 세월

바람만 일렁거린다

창 넓은 창가에서

햇살은 따뜻하게 비추이고

다정스런 눈빛으로

깊은 우물 맑은 물을 길어 올린다

예순 여년 해맑은 시간들이 파노라마 치는데

전하고 싶은 사연도 서러웠던 지난날도

다 쓰지 못한 이야기는 지워야 한다

빈 창가에서 겨울 편지를 쓰고 있다
바람에게
새봄이 오기 전에 띄워야 한다고,

낮달

반달이 웃고 있다
속이 하얗게 박제 된 채로

하늘 한 복판에서 어정쩡
높이 떠 어리둥절하다

해도 거들 떠 보지 않고
초록 잎 새 들도 반기지 않으니
하얗게 하얗게 수줍게 웃는다

채워지지 않는 쪽박에는
그리움만 가득하다

서산마루에 땅거미가
내려오면 외롭지 않다

어둠이 반겨주고
별들이 팡파레를 울린다

이젠 활짝 웃어 보라고

채워지지 않는 서러움 안고
아무도 모르게
밤마다 사위어만 간다

개밥바라기

숲속 하루가 저물고 있다
종일 햇살 머리에 이고
수십 년 수백 년 하루 같이 버티어온
숲속 가족들
더위에 축 늘어진 해질녘,
스물스물 어둠이 산허리를 돌아서
개울가로 내려온다
뿌옇게 저녁 안개는 피어오르고
엄숙한 순간
성스러운 비밀의 문은 열린다
숲속의 하루를 마감하는 성전에
조용히 성가는 울려 퍼진다
지치고 힘든 수많은
숲속 가족들에게 찬양을 보낸다
어둠은 안개처럼 짙어오고
성가는 멀리 멀리 흐르고
개밥바라기별 어둠에 빛날 때까지
나도 성가를 따라 부른다
무한한 우주의 고마움에 화답하듯이

어둠은 점점 깊어가고
가슴 가득 숙연해온다
초승달은 환하게 웃고 있다

여행, 시詩로 추억하다

마추피추

라마에게 물어 본다
언제부터 살았느냐고
그리고 어디로 사라졌느냐고
태양의 궁전도 여호와의 신전도.....
2400m 절벽 위
구름도 머물다 간다
마추피추 신전에는 여자 미이라만 산다

볼리비아 활화산

신비의 삼색호수를 찾아 달린다
4300m 백색호수 어디쯤 녹색호수
피바다 같은 적색호수를 지나
5100m 대지진 활화산에 서다
천지개벽의 시대 노아홍수를 거쳐
바다가 산이 되고 산이 바다가 되는.....
우린 서로 부축하며 활화산을 더듬는다

안데스 산맥을 넘는 구름

구름도 목이 메어 쉬어간다고,
안데스산맥은 끝이 없어라
어데 쯤 호수가 나타나고
어데 쯤 봄이 오고 어디는 여름이 있다
산이란 산은 다 지나 구름도 형형색색
자연의 신비를 다 품기엔 작고 초라한 인간들,

티티카카호수에 배를 띄우다

물살을 가르고 땅이 아닌 수초 섬에 오른다
넓은 땅을 두고 수초 위에서 울렁거리며
피어나는 희노애락을 그들은 즐긴다
작아서 귀한 방 한 칸 그들은 행복하다
먹고 자고 웃고 울고 생과 사가 떠있다
그들이 행복하면 그곳은 분명 천국이 된다

우유니 소금평원의 질주

하얀 소금평원을 달린다 광야의 무법자처럼
짚차 두 대가 질주 할 뿐 끝없는 하얀 소금뿐이다
하얗게 달리며 하얗게 질리고 하얗게 탈출하고
내 하얀 속을 처음으로 만져본다
욕망도 슬픔도 갈등도 사랑도..... 모두 쏟아 버린다
헐고 쓰리고 더부룩한 내 속에 소금 한줌 뿌려준다

이과수폭포에서

안데스산맥에서 흘러 온 푸라나강의 이과수 폭포!
5KM의 넓이, 100M의 낙차, 300개의 폭포!
'악마의 목구멍'의 위력과 천둥치는 물구덩이에
번뇌와 망상을 수장시키고 떨리는 가슴으로 돌아 서
무지개를 바라보는 순간, 한없이 작아지고
순수해지는 본래의 나를 찾아 낮아지고 있다

시인이 쓰는 자전적 시론

세월의 결을 찾아서

소리 없이 어둠을 걸어가는
새벽,
낮은 몸짓으로 가지런히
쓸고 가는 부드러운 손길이 있다
잠 못 이룬 밤
옅은 잠에서 깨어나 산을 오른다
찬 이슬 담은 옹달샘에는
밤새 다듬은 구슬들을 풀어 놓는다
달빛 그림자가 깊다
꽃다님처럼
그림자 한움큼 떠 온다

– 〈달빛 그림자〉

2013년 10월 20일. 발간한 첫 시집을 품에 안고 기쁜 마음을 진솔하게 기록 해 둔 일기장을 이번 시집 『그리움의 깊이』 출판을 앞두고 읽게 되었다. 꿈에 그리던 시집이라 책을 안고 감격해 하는 그 때의 모습이 새삼 감동적이고 기쁨과 반가움이 북받쳐 올랐다. 이미 수필집 4권을 출간 했을 때의 느낌과 또 다른 희열과 감동, 감격을 보았다. '시에 대한 애정이 대단하였구나!' 생각을 하면서 부족하나마 자전적 시작노트를 쓰기로 결심을 하게 되었다.

"꿈처럼 부러웠던 시집을 품에 안게 되었다. 〈달빛 그림자〉 아련한 서정이 깃든 이름이다. 많은 이름을 두고 망설였으나 최종적으로 나에게 찾아 온 이름은 아름답고 은은한 정서가 느껴지는 조신한 이름이 내게 왔다. 나의 깊은 마음 한곳에 잠재했던 숨은 정서였는지 모른다. 강한 듯, 외향적인 척, 언제나 당당한 척, 했을 뿐 내 깊은 곳에는 고즈넉한 조용한 여린 내가 존재했는지 모른다."

(2013년 일기장에서)

2005년 한국수필문학진흥회 〈에세이 문학〉 가을 호에 '화엄길' 로 수필이 완료추천 되었다. 등단소감에 "마음의 허기를 채우는 작업"이란 글이 있다.

"무더운 저녁나절, 기쁜 소식은 한 줄기 소나기 같은 후련함과 설레임이었습니다. 오랜 가뭄에 목말라하던 잎새가 생기를 얻으면서도 찬란한 해를 바라보기에는 두려움이 앞서기만 합니다. 글쓰기란 내 마음의 허기를 채우는 작업이었다는 것을 이제야 깨달았습니다."

1999년 초등교육 현장에서 명예퇴직 할 때 『강물처럼 흐르고 싶다』란 첫 수필집을 출간하면서 이미 나의 마음속에는 퇴직 후의 제2의 인생에 문학이란 꿈을 꾸었다. 뒤돌아보니 초등학교 4학년 때 전교백일장대회에서 입상한 사건이 씨앗이 되었지 싶다. 교육현장에서 전교문예반 지도와 학교문집 발간에 정성을 다 한 것은 우연이 아니었다. 교사생활을 하면서 교육논문, 새교실, 교육잡지에 자주 문예원고를 올렸으며 전국단위의 수기모집 〈여원〉(여성잡지: 초산기)에 응모하여 입상을 하며 나름대로 문학과 가까이 지내고 있었다. 명퇴를 하고 서예학원을 거쳐, 문인화 수강을 받으며 한 편으로 수필을 부지런히 습작하고 몰두하여 등단을 하게 되었다.

2010년『틈이 말한다』두 번째 수필집을 출간하고 나서 또 다른 시詩의 장르에 도전하고 싶은 열망이 점점 싹트기 시작하였다. 어느 날, 내 마음대로 써본 시를 수필교실에서 발표를 하게 되었다.

연필 깎는 밤

연필을 깎는다
손톱 같은 몸이 깎여 나간다

네 몸을 깎아내며 엮어 낸
뗄 수 없는 인연들에 밤은 깊어간다

바쁜 마음 성급한 마음
먼저 알고
제 몸을 동강내며 버티고 타이르는

고요 속에 달래고 어루만지는
답이 없는 답을 찾아

가슴 떨리는
숨결을 고른다 늦은 밤에

수필을 지도하시는 선생님께서 "시 다운 시"라고 많은 칭찬을 해 주셨다. 그리고 시 쓰기를 해 보라고 권유하셨다. 그 때부터 시에 대한 이론이나 시작법을 배우기도 전에 생각나는 대로 시제詩題만 떠오르면 시라고 쓰기 시작하였다.

그 무렵, 진주 사범학교(현 진주교육대학교) 남녀 동기생들끼리 가이드 한분을 단장으로 자유배낭여행을 하게 되었다. 2년에 걸쳐 남미南美와 아프리카 인도 여행, 두 달간의 기회가 주어지자 나의 시 쓰기에는 맹렬한 즐거움이 더 하였다. 여행 일정이 아무리 바빠도 밤잠을 아껴가며 여행기록을 쓰고 시편을 첨부하는 작업은 희열이었다. 문학이 먼저인지 여행이 목표인지 모르게 시에 대한 열정에 빠져들었다. 그리고 2011년 《서정문학》으로 시에 등단을 하게 되었다. 시를 쓰겠다는 마음 하나로 어떤 형식이나 어떤 규칙에 억매이지 않고 어떤 시제가 순간 포착되면 때를 가리지 않고 망설임도 없이 한 번에 전문을 다 쓰고 읽고 또 읽고 만족하고, 또 읽어보고 고치고...... 기차 속에서, 비행기 속에서, 아프리카의 초원에서, 이과수폭포 앞에서, 시간과 장소를 가리지 않고 어떤 구애 없이 표현하고 싶은 대로 즉흥시를 거침없이 쓰곤 하였다. 나의 시작詩作 활동 중에서 가장 행복하고 겁 없이 즐거웠던 기간이 었다.

2013년 10월 20일 첫 시집 『달빛 그림자』가 탄생하였다. 부산문화재단 지역문화예술지원금으로 발간되었다. 밤을 새워가며 만지고 퇴고하고 또 읽어보고 어루만지고 태어난 옥동자였다. 문학의 애틋한 사랑은 수필보다 시 작품에 더 감칠맛을 느낄 수 있었다. 그 때부터 시 공부를 본격적으로 하고 싶어 시 창작 강의에도 참여하고 시집을 손이 닿는 대로 읽고 시작노트가 늘어갈수록 참으로 많이 즐거워하고 행복해 했던 것 같다. 시에 빠지고 열정적으로 문학 활동을 하다 순식간에 손을 놓고 시를 접고 문학하고 멀리, 생각을 접어야 하였다.

생生이란 뜻대로 주어지는 것도 아니며 생이란 어떤 삶보다 우위에서 절대적인 귀로이며 어떤 것도 양보할 수 없는 극한 상태였다. 갑작스런 남편의 소천召天으로 절해고도에 선 절체절명의 삶이 시작되고 모든 일상의 끈을 놓고, 그토록 아껴주고 응원해 주던 문학 활동은 모두 멈추었다. 자녀들과 현대의학을 다 동원해도 막을 수 없는 먼 길을 보내고, 생활도 정서도 문학도 다 놓은 상태로 3년 반을 지내고 다시 찾은 나의 시의 세계는 예전과 달라졌다.

아름답고 활기차고 즐거웠던 시의 세계는 유有에서 무無로, 실존에서 허무로, 현실에서 내세로, 용기에서 무기력으로 늙은 시로 변하고 있었다. 모든 생활에서 생기를 잃어갈 무렵, 그래도 내가 다시 찾고 싶은 곳은 문학이 있는 문인들 곁으로 나아가게 되는 것이었고 그로인해 점점 산다는 의미를 되찾아가게 되었다. 그렇게 시를 다시 만났다.

시를 만나다

시를 만난다
영혼이 눈을 뜨는 시각
시를 만난다는 것은 구름 타는 일이다

달빛도 별빛도
내 창가에 찾아 드는 밤
혼자서 울어라 그리고 웃어라

어둠의 유혹에
나를 찾아 나선다
유성처럼 떠도는 망각 속으로
끝없는 유영은 시작된다

한 마디 낯 설은
심혼을 붙들고 싶다

죽도록 희열하고 하늘 속으로 날아라
바람물결 한 가닥 잡는 일이다
시는 무제다 시는 자유다

시상詩想이 떠오를 때, 시가 찾아 올 때 나는 조용히 침묵하며 자연을 바라보거나 아니면 숲을 찾아 나선다. 무한한 자연은 언제나 나에게 물음을 던져주고 그리고 자연의 섭리와 우주의 흐름을 말해주는 듯 마음이 포근해 지고 속삭이듯 말문을 틔워준다. 상상한다는 것은 괄호를 푸는 작업이다. 괄호 안에 들어가야 할 가장 낯 설은 말을 찾고 있다. 그리고 물음표를 계속 만들어 본다. 어쩌면 엉뚱한 말이 튀어나오기도 하고 아무런 의미도 없는 단어가 계속 내 머리를 흔든다.

그럴 때면 "그래, 시는 자유다 나의 시는 무제다" 나의 직관으로 나의 상상력으로 표현하면 시가 되는 것이란 엉뚱한 논리를 펼치기도 한다. 어쩌면 그럴 때 희열감, 자유분방한 통쾌감, 시인만이 누릴 수 있는 자유이고 특권이 아닐까? 시의 독창성이 아닐까? 현대시에서 시도하는 형이상학적인 난해성 표현이 아니라도 좋다. 나는 내 나이와 나의 사상思想에 맞는 시를 쓰고 싶다.

고요한 밤, 깊어가는 생각의 나래를 타고 산다는 것, 삶에서 뗄 수 없는 명제에 사로잡힌다. 그리고 침묵, 그리움이란 잡히지 않는 허상. 허무. 무미. 무취. 무상의 실존을 생각한다. 그리움의 길이와 넓이 그리고 깊이에 대해 무한대의 허공을 헤매인다. 삶이 깊어질수록 실체보다 눈앞에 없는 허무가 넓어진다. 종종 허무와 놀고 있다. 그것이 실체가 되고 마음의 위로가 되고 생의 어떤 활력을 주기도 한다. 그렇다면 허무가 허무만은 아니다. 상상의 나래로 문학을 펼치고 또 삶에 대한 미감을 주기도 한다. 그래서 이번 시집의 제목으로 『그리움의 깊이』를 선정하였다.

그리움의 깊이

내 마음속엔 때때로 잔잔한 풍요로움이 울렁거린다 파도처럼 일렁일 때도 순간순간 번뜩이는 물결이 빛난다 그리움이 잔잔하게 다가올 때 먼 빛이 가까이 오듯 환히 밝아오는 순간 그리움은 길이를 좁혀온다 어둠이 가득 엄습할 때도 마음 둘 곳 없어 우왕좌왕 할 때도 먼 빛 아스라이 가까이 다가오는 그리움의 정체 잡을 수 없이 멀리 떠나가는 그리움의 정체는 매정하다 언젠가는 통제되지 않는 힘에 못 이겨 홀로 떠 있는 달과 속삭이는 밤이 아득하다 어떤 소용돌이 어떤 환영 잡을 수 없는 무형의 수많은 곡예들 긴 생애 동안 쌓아온 그리움의 깊이 멀어졌다 가까워졌다 하는 그리움의 길이 가볍게 더 멀리 떨칠 수 없는 긴 여로가 남긴 발자취에 밤은 깊어간다 눈에 보이지 않는 그리움의 길이 그리움의 넓이 그리고 그리움의 깊이에 휘둘린다 수많은 인연들 잡히지 않은 그리움의 흔적들 영원히 풀 수 없는 명제 앞에 오늘도 시간은 깊어간다

일상에서 생각하며 느끼며 삶을 다시 시작하듯, 이 진솔한 경험을 솔직하게 남기고 싶은 심정에서 무리하게 쓰고 있다. 문학이 주는 고마움, 시라는 장르에 감사하고 사랑하는 마음으로 세월의 결을 따라서 앞으로 남은 문학의 여정도 "사랑하고 감동하고 희구하고 전율하며 사는 것이다." 라는 로댕의 말처럼 천천히 살고자 한다.